KB217160

To. 언제나 진심을 다하는

_____에게

이 책을 드립니다.

From. _____

곰돌이푸,
진심은
네 곁에 있어

곰돌이 푸,
진심은
네 곁에 있어

마음을
소중히 여길 줄 아는
당신에게

곰돌이 푸 원작

RHK
알에이치코리아

매 순간 진심을 다하는
당신에게

넓고 조용한 숲속을 느릿느릿 걸어가는 곰돌이 한 마리가 있어요. 많은 사람들에게 사랑받으며 영원히 존재하는 곰돌이의 이름은 '푸'랍니다. 꿀을 아주 좋아하는 푸는 주변에서 일어나는 일들을 눈에 보이는 그대로 투명하게 받아들일 줄 아는 따뜻한 곰돌이예요. 비가 오면 오는 대로, 눈이 오면 오는 대로, 바람이 불면 부는 대로…… 푸는 매일매일이 행복하답니다. 억지로 꾸미며 과장된 삶을 살기보다 작은 것에서 행복을 느낄 줄 아는 푸에게서 우리는 깨달음을 얻을 수 있어요.

꿀을 좋아하는 그 마음 하나로도 충만함을 느끼는 푸처럼, 당

신에게도 진심을 다해 좋아할 수 있는 어떤 것이 있나요? 사람이든, 사물이든, 풍경이든, 음식이든 말이에요. 온 힘을 다해 내가 사랑할 수 있는 것들을 찾아보고, 사랑해 보는 건 어떨까요? 진심을 다해서요. 진심은 언제나 우리 곁에 있을 테니까요.

　진심을 다해 무언가를 좋아하는 일에는 용기가 필요해요. 두려워하지 말고 마음을 열어 보세요. 푸의 달콤한 꿀처럼, 그것은 언제나 나를 기쁘게 할 테니까요. 자, 이제 행복해질 준비가 되셨나요?

곰돌이 푸와 친구들

크리스토퍼 로빈
영리하고 배려심 있는
모두의 리더.

푸
로빈의 베스트 프렌드.
따뜻한 성격을 지녔으며
꿀을 아주 좋아하는 곰.

피글렛
상상력이 풍부한
작은 돼지.

이요르
무슨 일이든
부정적으로
생각하는 당나귀.

아울

수다스러운
할아버지 올빼미.

티거

활발하고 밝은 성격의
호랑이.

캥거&루

캥거루 모자.
아들을 끔찍이
사랑하는 엄마와
활달한 성격의 아들.

래빗

똑똑하며
조금 잘난 체하기를
좋아하는 토끼.

contents

곰돌이 푸와
꿀 나무

곰돌이 푸와
폭풍우 치던 날

곰돌이 푸와
티거

곰돌이 푸와
꿀 나무

Winnie the Pooh
and
the Honey Tree

넓고 푸른 숲속에는
곰돌이 푸와 친구들이
평화롭게 살고 있습니다.

숲은 곰돌이 푸와 친구들이
풍요로운 자연을 만끽하면서
행복한 하루하루를 보내는
그들만의 완벽한 세상이지요.

○ 곰돌이 푸,
  진심은 네 곁에 있어

푸의 집 문패에는
'MR SANDERZ'라고 적혀 있습니다.
그래서 다들 푸의 원래 이름이
'샌더스'라고 생각했습니다.

하지만 사실 그건 전에 살던
집주인의 이름이에요.

글자를 모르는 푸에게
문패에 새겨진 이름은
전혀 중요한 게 아니었지요.

○ 곰돌이 푸,
　진심은 네 곁에 있어

태어나는 순간에는

누구나 이름 없는 존재랍니다.

세상의 신비를 이해하기 위해서는

먼저 이름부터 잊어버려야 해요.

○ 곰돌이 푸,
진심은 네 곁에 있어

푸의 시계가 울리네요.
"뭘 할 시간이었더라……?"
푸는 열심히 생각하기 시작했어요.
"생각, 생각, 생각……."

"아, 그래!
건강 체조를 할 시간이었지!"

한바탕 체조를 한 뒤에 먹는 꿀은
얼마나 달콤할까요?

생각하기 때문에

괴로운 거예요.

생각을 멈추면

괴로워할 필요도 없어요.

배가 고파진 푸는
꿀을 먹으려 했지만,
항아리에 꿀이
남아 있지 않았어요.

○ 곰돌이 푸,
　진심은 네 곁에 있어

결국 푸는 밖으로 나가
벌집이 달린 나무를
오르기 시작했지요.
열심히 오르고 올라
벌집에 손이 닿으려는 순간……

가지가 부러져
가시덤불 위로 쿵 떨어졌습니다.

하지만 괜찮아요.
부드러운 푸의 몸은
가시에 긁히기만 할 뿐이니까요.

부드러울수록

다치지 않는

강인함이 숨어 있어요.

다름을
인정해야
해

꿀을 포기할 수 없는 푸는
절친한 친구 크리스토퍼 로빈을
찾아갔습니다.

마침 크리스토퍼는
떨어져 있던
이요르의 꼬리를
붙이는 중이었지요.

이요르의 꼬리는 얼마 안 가
금방 떨어지겠지만
이요르에게는 아주 중요했어요.

얼핏 쓸모없어 보이는

물건에도

각자의 역할이 있지요.

모든 걸
이해할 수는 없어

푸는 꿀을 얻기 위해
크리스토퍼 로빈에게 풍선을
빌려 달라고 부탁했어요.

크리스토퍼는
풍선으로 꿀을 얻겠다는
푸의 생각을 이해할 수 없었지만,
자전거에 매달아 놓은 파란 풍선을
빌려줬습니다.

멀리서 찾지 마세요.

필요한 건 모두

가까이에 있답니다.

○ 곰돌이 푸,
  진심은 네 곁에 있어

귀여운게
최고야

푸는 웅덩이에 들어가
온몸에 진흙을
새까맣게 묻힙니다.

풍선을 잡고 하늘 높이 떠오르면
까만 비구름처럼 보일걸요?
그러면 벌들이 속을 거예요.

하지만 크리스토퍼의 눈에는 그저
온몸에 진흙이 잔뜩 묻은
귀여운 곰돌이 같아 보일 뿐이었지요.

모든 것은

어둠 속에서

태어났어요.

푸는 파란 풍선을 잡고
하늘 높이 올라갔습니다.

"나는 작고 까만 비구름.
신경 쓸 필요 없지."

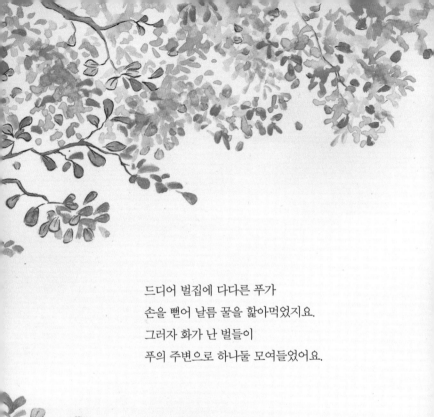

드디어 벌집에 다다른 푸가
손을 뻗어 날름 꿀을 핥아먹었지요.
그러자 화가 난 벌들이
푸의 주변으로 하나둘 모여들었어요.

곧이어 벌 떼가 푸를 쫓기 시작했어요.
당황한 푸는 도망치다가
물웅덩이 속으로 풍덩 몸을 던졌지요.

벌 떼들이 돌아가자 푸는 안도의 한숨을
내쉬었습니다.

벌들이 왜 화가 났을까요?

누군가를 가만히 지켜보면

그 사람의 기분을 어느 정도

짐작할 수 있지요.

기쁨 ── 함께 나누는

푸의 '비구름 작전'은
실패로 끝났네요.

여전히 배가 고픈 푸는 래빗의 집을 찾아갔어요.
래빗이 점심 식사를 권할 거라고 생각했으니까요.

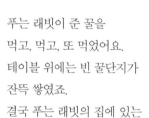

푸는 래빗이 준 꿀을
먹고, 먹고, 또 먹었어요.
테이블 위에는 빈 꿀단지가
잔뜩 쌓였죠.
결국 푸는 래빗의 집에 있는
꿀을 모두 먹어 치웠답니다.

ㅇ 곰돌이 푸,
    진심은 네 곁에 있어

내면을 채우기 위해서는

먼저 비워야 해요.

겸허한 자세가 필요하답니다.

○ 곰돌이 푸,
진심은 네 곁에 있어

큰일은 언제
어디서나 일어나지

드디어 배를 채운 푸가
집으로 돌아가려고 하는데,
큰일이 생기고 말았어요.

○ 곰돌이 푸,
진심은 네 곁에 있어

래빗은 있는 힘을 다해
푸를 꺼내려고 했지만,
푸는 꼼짝도 하지 않았습니다.

"세상에, 너무 많이 먹으니까
이런 일이 생긴 거야!"

무슨 일이든 힘으로

밀어붙이기만 할 순 없죠.

래빗의 말을 듣고
크리스토퍼 로빈이 달려왔어요.

크리스토퍼와 래빗은
힘을 합쳐 푸의 손을 힘껏 당겼지만,
푸의 몸은 빠져나올 기미가
전혀 보이지 않았지요.

○ 곰돌이 푸,
진심은 네 곁에 있어

"네가 날씬해질 때까지
기다리는 수밖에 없겠어."

크리스토퍼의 말에
푸는 우울해졌습니다.

일이 잘 안 풀릴 때는

그냥 기다려 보는 것도

하나의 방법이에요.

○ 곰돌이 푸,
진심은 네 곁에 있어

어쩔 수 없이 푸는
기다리기로 했어요.

눈부신 아침과 외로운 밤을
며칠이나 보내고 맞이한 어느 날,
푸의 엉덩이가 조금씩
움직이기 시작했어요.

기쁨에 찬 래빗의 환호에
숲속 친구들이 모였습니다.
래빗은 안에서 푸의 엉덩이를 밀고,
크리스토퍼는 밖에서 푸의 손을 잡아당겼어요.
캥거는 크리스토퍼를, 이요르는 캥거를
힘껏 잡아당겼지요.

"영차! 영차! 영차!"

마침내······ 펑!
푸가 빠졌습니다.

때로는 가만히 있는 게

정답일 수 있어요.

래빗의 집 문에서 빠져나온 푸는
저 멀리 날아갔어요.
그러다 큰 나무 위쪽 구멍에
또 몸이 끼어 버렸네요.

○ 곰돌이 푸,
　진심은 네 곁에 있어

뒤쫓아 온 크리스토퍼가
곧 구해 주겠다고 말했지만,
웬일인지 푸의 목소리는
편안하게만 들렸습니다.

"서두를 것 없어. 천천히 해 줘."
눈앞에 맛있는 꿀이 가득했거든요.

○ 곰돌이 푸.
진심은 네 곁에 있어

조금 돌아가는 게

가장 빠른 길일지도 몰라요.

곰돌이 푸와
폭풍우 치던 날

Winnie the Pooh
and
the Blustery Day

성실함이 무기

。

어느 늦은 가을날,
몹시 강한 바람이 불고 있었어요.
피글렛은 집 앞에서
낙엽을 쓸고 있었지요.

'아무리 쓸어도 끝이 없는걸.'

○ 곰돌이 푸,
   진심은 네 곁에 있어

몸집이 작은 피글렛에게
낙엽을 치우는 일은 꽤 힘들었지만,
피글렛은 할아버지가 지으신
너도밤나무 집을 매우 소중하게
여겼습니다.

거센 바람에
작은 피글렛의 몸이
휘청휘청하다가
결국 하늘로 붕 떠올랐어요.

○ 곰돌이 푸,
  진심은 네 곁에 있어

무언가를 소중히 여기는

마음만으로도 우리는

행복해질 수 있어요.

푸는 바람 부는 날을 맞이하여
친구들에게 인사를 하기로 했어요.
가장 먼저 피글렛의 집으로 가던
푸는 머리 위를 스쳐 지나가는
피글렛을 만났습니다.

"아, 피글렛.
바람 불어 행복한 날이야."

날아가는 친구를 쫓아가면서 푸는
피글렛의 목도리 끝자락을 꼭 쥐었어요.

비 오는 날엔 비를,

바람 부는 날엔 바람을,

맑은 날엔 햇살의 따스함을

느껴 보세요.

행복은 언제나

우리 마음속에 있어요.

바람을 피해야 해.

바람에 날아가던 푸와 피글렛은
나무 위에 있는 아울의 집에 도착했습니다.

아울이 심한 바람이 불었던
과거 어느 날의 이야기를 늘어놓는데,
그 순간 집이 이리저리 흔들리기 시작했어요.

그러더니 결국 땅으로
떨어지고 말았지요.

아울은 한순간에 집을 잃었고
아울의 사정을 알게 된 이요르는
새 집을 찾아 주겠다고
약속했습니다.

누군가를 도우려는

예쁜 마음이,

언젠가 우리 자신을

도울 거예요.

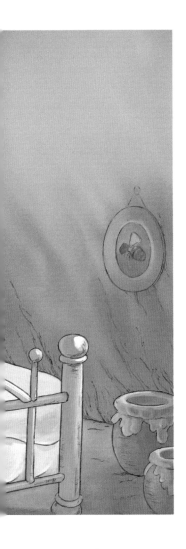

밤이 되자 바람은
점점 더 심해졌어요.
침대에 누운 푸는 밖에서
들려오는 이상한 소리 때문에
쉽게 잠들지 못했지요.

푸는 장난감 총을 손에 들고
용기 내어 문을 열어 보기로
결심했습니다.

위기는 언제나 닥쳐올 수 있지만,

용기 있게 헤쳐 나가면 돼요.

○ 곰돌이 푸,
진심은 네 곁에 있어

문을 열자마자
처음 본 동물이
집 안으로
굴러 들어왔습니다.

어안이 벙벙한 표정으로
넘어져 있는 푸의 배 위에
그 동물이 올라서서
인사하는 게 아니겠어요?

"안녕, 난 티거야. 넌 누구지?"
"곰돌이 푸야."

○ 곰돌이 푸,
진심은 네 곁에 있어

푸가 티거에게 꿀을 대접하자,
"이런 끈적끈적한 걸
좋아하는 건 꿀 도둑,
헤팔럼프와 우즐뿐이야."
한마디를 남기고서는
다시 밖으로 나가 버렸습니다.

○ 곰돌이푸,
　진심은 네 곁에 있어

내가 좋아하는 것을

누군가는 싫어할 수도 있어요.

그 반대도 마찬가지랍니다.

꿈나라로
떠나는 여행

。

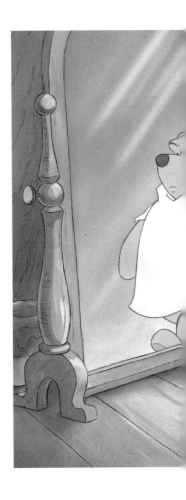

꿀 도둑이 나타날까 봐
걱정된 푸는 꿀을 지키기 위해
경비를 서기로 했어요.

그러다 지쳐 스르륵 잠들고는
꿈나라로 갔지요.

교활한 헤팔럼프와 우즐이
끊임없이 변신하면서
정신을 쏙 빼놓는 바람에
푸는 꿈에서도 편히 쉬질 못했습니다.

현실과 꿈은

다른 듯 같아요.

현실에서도 꿈속에서도

행복하길 바라요.

○ 곰돌이 푸,
진심은 네 곁에 있어

한 치 앞도
알 수 없는 인생

。

잠에서 깬 푸의 눈앞에
엄청난 일이 벌어졌네요.
집 안이 온통
물바다가 된 게 아니겠어요?

"이게 무슨 일이지?"

비는 계속해서 내리고 또 내려
온 숲에 물이 흘러넘쳤습니다.
숲이 마치 강처럼 변해 버렸지요.

물은 언제나 높은 곳에서
낮은 곳으로 흘러요.
자연의 순리를 거스를 수는 없어요.

푸는 가장 먼저 소중한 꿀단지를 나무 위로 옮겼습니다.
그때 피글렛의 집 역시 물에 잠겨 있었지요

두려움에 떨던 피글렛은,
'도와줘! –피글렛으로부터'라는 편지를
병에 넣어 물에 떠내려 보냈어요.

불가능할 것 같아도,

무언가를 간절히 원하면

이루어져요.

피글렛의 편지를 본 크리스토퍼 로빈은
아울에게 부탁했어요.

"금방 구조하러 가겠다고
피글렛에게 전해 줄 수 있겠니?"

아울은 크리스토퍼의 말을
정확히 이해하지 못했지만,
피글렛을 찾으러 날아갔어요.

그리고 물 위를 떠다니는
두 명의 친구를 발견했습니다.

한 명은 의자 위에 서 있는 피글렛이고,
다른 한 명은 꿀단지에 머리를 박고 있는
푸였어요.

하지만 떠내려가는
푸와 피글렛 앞에
폭포가 기다리고 있었습니다.

인생은 위기와 기회의
연속이랍니다.
행복만 있는 것도,
불행만 있는 것도 아니지요.

○ 곰돌이 푸,
  진심은 네 곁에 있어

하늘이 무너져도
솟아날 구멍은 있다。

서둘러 피글렛에게
날아간 아울은 말했습니다.

"친구들이 곧 너를
구조하러 올 거야.
그러니 용기를 내."

○ 곰돌이 푸,
진심은 네 곁에 있어

어느새 폭포 아래로 떨어질 순간이
바로 코앞까지 다가왔네요.
과연 피글렛과 푸는 어떻게 될까요?

한 치 앞도 알 수 없는

인생이지만

그럼에도 불구하고

용기 있는 태도로

살아가 보는 건 어떨까요?

불행 중 다행이야.

결국 푸와 피글렛은
폭포 아래로 떨어졌습니다.

수면 아래로 모습을 감췄다가
다시 떠오른 두 친구.
이번에는 푸가 의자에 앉아 있고,
피글렛이 꿀단지 안에 빠져 있네요.
다행히 둘 다 무사했지요.

끝이라고 생각했던 일이

또 다른 시작일 수도 있답니다.

서로를
아끼는마음
。

마침내 푸와 피글렛은 둘을
기다리고 있던 친구들과 만났어요.

172

푸가 안전하다는 것을 확인한
크리스토퍼는 매우 기뻤답니다.

곤이어 꿀단지 안에서 피글렛이
머리를 쏙 내밀고는 말했습니다.

"나도…… 무사해."

크리스토퍼는 푸를 위한
축하 파티를 열기로 했어요.
푸는 꿀단지로 피글렛을 구한
영웅이었으니까요.

아무리 고된 시련도

끝이 나기 마련이죠.

행복은
가까이에 있어

。

며칠 후, 숲에 평화가 찾아오자
영웅 푸를 위한 파티가 열렸습니다.
정확히는 푸의 꿀단지가
피글렛을 구한 것이었지만요.

어쨌거나 푸는
꿀을 배불리
먹을 수 있다는
사실만으로도
아주 행복했어요.

누군가를 도울 수 있다는

사실만으로도

우리는 행복해질 거예요.

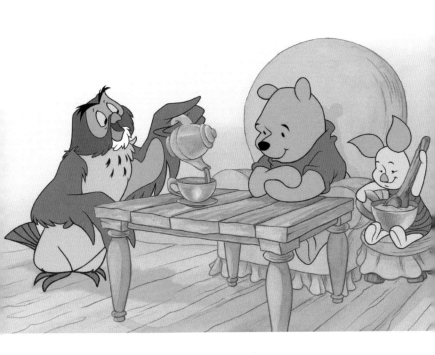

인생은
놀라움의 연속

。

파티에 참석한 이요르가
집을 잃어버린 아울에게
딱 맞는 새 집을 찾았다고 말했습니다.
그러나 그 집은 놀랍게도
피글렛의 집이었지요.

○ 곰돌이 푸,
진심은 네 곁에 있어

하지만 피글렛은 아무 말 없이
자신의 소중한 집을 아울에게 양보했어요.

그래서 파티는 피글렛을 구한 푸와

아울에게 집을 양보한 피글렛,

두 영웅을 위한 파티로 바뀌었습니다.

다른 사람을 위하는 마음이 클수록

더 큰 행복을 느낄 수 있어요.

남에게 베푸는 마음이 클수록

더 많이 풍요로워질 수 있지요.

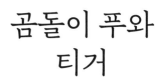

곰돌이 푸와
티거

Winnie the Pooh
and
Tigger Too

또 만난
귀여운 친구

*

어느 날 곰돌이 푸가
'생각하는 자리'에 앉아
생각에 잠겨 있을 때······

갑자기 나타난 티거가
푸의 배 위에 올라서서 인사했어요.

"안녕, 내 이름은 티거야."
"응, 알아. 전에도 내 배 위에
올라온 적 있잖아."

○ 곰돌이 푸,
    진심은 네 곁에 있어

그러자 티거가 말했지요.
"아, 그래? 그럼, 안녕."

티거는 용수철처럼 통통 뛰면서
다시 가 버렸습니다.

어떤 것에도 얽매이지 않고

어디든지 갈 수 있다는 태도로

자유롭게 살아가는 건 어떨까요?

나는 세상에서
하나뿐이니까!

＊

래빗이 콧노래를 부르며
밭에서 일을 하고 있었어요.
티거가 이번에는 래빗에게
갑자기 뛰어들었어요.
티거의 등장으로 래빗의 밭이
엉망이 되었네요.

"넌 왜 그렇게 뛰어다니면서
놀라게 하는 거야!"

화가 나서 소리치는 래빗에게
티거가 말했습니다.
"그게 바로 나의 특기니까.
통통 뛰어다니는 호랑이는
세상에 나 하나뿐일 거야!"

남에게 피해를 끼치면서까지

내 행복만을 좇을 수는 없어요.

○ 곰돌이 푸,
진심은 네 곁에 있어

래빗은 티거가
통통 뛰어다니는 것을
멈추게 하고 싶었어요.
그래서 푸와 피글렛을 불러
이에 대해 의견을 나눴어요.

○ 곰돌이 푸,
진심은 네 곁에 있어

래빗이 머리를 이리저리
굴리는 동안 푸는 어느 틈엔가
졸기 시작했어요.

피글렛이 속삭이는 소리에
잠에서 깬 푸는 말했지요.

"듣고 있었어. 그런데 귀에
솜뭉치가 들어가서 중간부터는
제대로 못 들었어."

들리는 것이

모두 진실은 아니에요.

때로는 들리지 않는 것 중에

답이 있을 때도 있지요.

작
전
개
시
!

＊

래빗은 멋진 작전을 생각해 냈어요.
숲속 깊은 곳에 티거를 두고 오면

길을 잃은 티거가 풀이 죽어
슬퍼할 테고, 그러면 더 이상
통통 뛰지 않으리라고 생각한 거예요.

○ 곰돌이 푸,
  진심은 네 곁에 있어

다음 날 래빗은 푸, 피글렛과 함께
티거를 불러 깊은 숲속으로 향했습니다.
용수철처럼 통통 뛰면서 혼자 앞서가는
티거를 지켜보던 래빗은
푸와 피글렛에게 숨으라고 말했지요.

친구들이 길을 잃었다고 생각한 티거는
더욱 깊은 숲속으로 들어갔습니다.
이대로 래빗의 작전은 성공할까요?

경솔하게 생각하면,

반드시 벽에 부딪히기 마련이죠.

○ 곰돌이 푸,
진심은 네 곁에 있어

돌고 돌아
다시 원점으로

＊

이제 래빗과 푸, 피글렛이
집으로 돌아갈 일만 남았습니다.
그런데 걷고 걸어도 자꾸만
원래 있던 장소로 돌아왔지요.

당황한 푸는 래빗에게 말했어요.

"집으로 가려고 하면 여기로
돌아오게 돼. 그러니까 여기로
오겠다고 생각하면서 걸으면,
집으로 갈 수 있지 않을까?"

때로는

반대로 생각해 보는 것도

필요해요.

서
로
다
른
생
각

✳

래빗은 푸의 터무니없는 생각에
찬성할 수 없었어요.
"바보 같은 소리 하지 마!
내가 돌아갈 길을 찾아볼게.
그러니까 여기서 기다려!"

래빗은 점점 더 깊은 숲속으로
들어갔어요.

○ 곰돌이 푸,
진심은 네 곁에 있어

조바심 내지 마세요.

초조할수록 자신을

잃어버려요.

○ 곰돌이 푸,
진심은 네 곁에 있어

푸와 피글렛은
래빗이 돌아오기를
기다리다가
지쳐 잠이 들었어요.

얼마나 지났을까요?

"자, 집에 가자."
푸가 말하자 피글렛이 고개를 갸웃했지요.
"길을 아는 거야?"

"아니, 모르겠어. 하지만 집에 있는 꿀단지가
꼬르륵거리는 내 배를 부르고 있어.
그러니까 내 배가 가리키는 대로
따라가면 돼."

때로는 머리로 생각하기보다

마음으로 느껴 보세요.

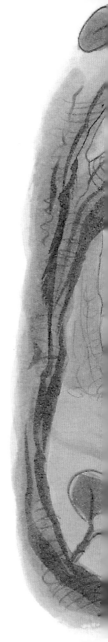

푸와 피글렛은 푸의 배가
가리키는 방향을 따라서
무사히 집으로 돌아왔어요.
하지만 래빗은 여전히
숲속을 헤매고 있었지요.

얼마나 지났을까요?

238

"래빗은 어디 갔어?"
아직 래빗이 돌아오지 않았다는
이야기를 푸에게서 전해 들은 티거가

다시 숲속으로 들어가
래빗을 데리고 옵니다.

242

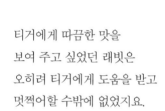

티거에게 따끔한 맛을
보여 주고 싶었던 래빗은
오히려 티거에게 도움을 받고
멋쩍어할 수밖에 없었지요.

○ 곰돌이 푸,
　진심은 네 곁에 있어

괜한 고집은

빨리 버릴수록 좋아요.

어느덧 숲속에
첫눈이 내렸어요.

루는 설레는 마음으로
티거를 기다리고 있습니다.
함께 통통 뛰어다니자고 약속했거든요.
통통 뛰는 건 루의 특기이기도 하고요.
그래서 루와 티거는
자주 뛰어다니며 놀곤 했습니다.

좋아하는 일을 찾아보세요.

당신을 더 행복하게 만들어 줄 거예요.

눈 위를 신나게
미끄러지면서 티거가 왔어요.

"티거, 낮잠 잘 시간까지는
꼭 돌아와야 해."

캥거가 부탁하자 티거는
활기찬 목소리로 답했습니다.

"알았어! 루는 내가 잘 돌볼게!"
"그래, 조심해서 다녀와."

지킬 수 있는 약속과

지킬 수 없는 약속을

잘 구분해야 해요.

나무 꼭대기에서
보이는 세상

＊

티거와 루는 신나게 뛰면서
놀고 있었어요.

"나, 티거는 나무 타기도 잘하지.
통통 뛰면서 나무 위로 올라가지!"

○ 곰돌이푸,
  진심은 네 곁에 있어

티거는 어느새
나무 꼭대기까지 올라갔어요.
하지만 높은 곳에서
아래를 바라보니 너무 무서워서
꼼짝도 할 수 없었지요.

무리하게 발끝으로

서 있는 사람은

넘어지기 마련이에요.

○ 곰돌이 푸,
진심은 네 곁에 있어

푸와 피글렛은 저 멀리 나무 위에서
내려오지 못하고 있는 티거와 루를 발견했어요.
푸가 크리스토퍼 로빈에게 도움을 청하자
크리스토퍼는 래빗과 캥거를 데리고 왔지요.

그리고 코트를 펼치고는
그 위로 뛰어내리라고 했습니다.
신나게 뛰어내린 루와 달리
티거는 여전히 두려움에 떨고 있었어요.

"난 뛰어오르기 전문이야.
뛰어내리는 건 못한다고!"

두려움을 마주할 때

우리는 한 단계 더

성장할 수 있어요.

○ 곰돌이 푸,
  진심은 네 곁에 있어

함께하면
괜찮을 거야

*

다시는 통통 뛰지 않기로 약속한
티거는 모두의 도움으로 겨우 내려왔어요.
기쁨에 들뜬 티거가 또다시
뛰려고 하자 래빗이 말했습니다.

"티거, 약속했잖아!"

풀이 죽은 티거는
어깨를 떨궜어요.
그런 티거를 본 친구들은
안타까워했지요.

○ 곰돌이 푸,
  진심은 네 곁에 있어

마음이 약해진 래빗은
티거가 다시 뛸 수 있도록 허락했어요.
그러자 티거는 기뻐하면서
모두 함께 뛰자고 말했습니다.

"다 같이 뛰자. 통통 뛰면
기분이 좋아질 거야!"

행복 뒤에는 불행이 찾아옵니다.
대신 불행 뒤에는
행복이 또 기다리고 있지요.

o 곰돌이 푸,
  진심은 네 곁에 있어

이
제
는

헤
어
져
야
할
시
간

*

드디어 모든 이야기가 끝났어요.
숲속에 있는 비밀의 장소에서
푸와 작별 인사를 나눌 때가 왔어요.

크리스토퍼 로빈이 학교에
갈 때가 되었거든요.

282

푸와 친구들은 학교가 어떤 곳인지 몰랐어요.
그저 알파벳을 외우게 하고, 곱셈을 가르치며,
브라질이 어디 있는지 알려 주는 곳이라고
짐작하고 있었지요.

하지만 푸는 그런 것들을 왜 알아야 하는지
이해할 수 없었습니다.

책에 담긴 내용은
이미 죽은 사람들이 남겨 놓은
단편일 뿐이라고 생각했으니까요.

크리스토퍼 로빈이
푸에게 물었어요.

"푸, 너는 이 세상에서
가장 좋아하는 일이 뭐니?"

푸가 대답했어요.
"너희 집에 놀러 갔을 때,
네가 '꿀 먹을래?'라고 말하는 거야."

그것도 좋지만, 크리스토퍼가
가장 좋아하는 건
'아무것도 안 하는 것'입니다.

예를 들어 밖으로 나가려는
크리스토퍼에게 어른들이
"오늘은 뭘 할 거니?"라고 물어보면,
"아무것도 안 할 거예요"라고
말하는 것이지요.

무언가를 억지로 하려고 하지 말고

정말로 내가 원하는 게 뭔지

스스로에게 귀 기울여 보세요.

○ 곰돌이 푸,
진심은 네 곁에 있어

날
잊
지
마

＊

아무것도 하지 않는 것을
좋아하는 크리스토퍼도
어른이 되면 달라질 수밖에 없겠지요.
그래서 크리스토퍼는 푸에게 부탁했어요.

"푸, 날 잊지 않겠다고 약속해 줘."

○ 곰돌이 푸,
진심은 네 곁에 있어

크리스토퍼 로빈이 100살이 된다면,
그의 어리석고 순진한
곰돌이 인형 친구는 99살이 됩니다.

앞으로 어떤 일이 일어나더라도
작은 곰돌이는 숲속에 있는 비밀의 장소에서
언제까지나 그를 기다리고 있을 거예요.

순수함을 간직하세요.

행복은 멀리 있지 않아요.

옮긴이 정 은 희

고려대학교에서 영어영문학과를 졸업한 후 일본어의 매력에 빠져 일본어로 된 책을 읽으며 번역가의 꿈을 키웠다. 이후 글밥아카데미 번역자 과정을 수료했으며, 현재 바른번역에서 전문 번역가로 활동 중이다. 옮긴 책으로는 『위대한 직장인은 어떻게 성장하는가』, 『하버드 행복 수업』, 『곰돌이 푸, 행복한 일은 매일 있어』, 『곰돌이 푸, 서두르지 않아도 괜찮아』 등이 있다.

곰돌이 푸, 진심은 네 곁에 있어

1판 1쇄 발행 2022년 2월 15일
1판 4쇄 발행 2023년 1월 16일

원작 곰돌이 푸
옮긴이 정은희

발행인 양원석 **편집장** 정효진
디자인 김유진 **영업마케팅** 양정길, 윤송, 김지현

펴낸 곳 ㈜알에이치코리아
주소 서울시 금천구 가산디지털2로 53, 20층 (가산동, 한라시그마밸리)
편집문의 02-6443-8847 **도서문의** 02-6443-8800
홈페이지 http://rhk.co.kr
등록 2004년 1월 15일 제2-3726호

ISBN 978-89-255-7891-0 (03800)